HF450078

دار حروف منثورة للنشر والتوزيع

مؤسس الدار

مروان محمد

مشرف عام السلاسل

صفاء حسين العجماوي

الطبعة الأولى

الكتاب: حشرة الكهرمان

المؤلف: مجموعة مؤلفين

تصنيف الكتاب: منوعات أدبية

تصميم الغلاف: فريق الدار

تنسيق داخلي: فريق الدار

مراجعة لغوية: عبد المعز صفوت

رقم الإيداع: 2022/11323م

الترقيم الدولي:

Website: https://horofbooks.com
Fan page: http://facebook.com/horofsbooks
Email: info@horofbooks.com

هاتف جوال: 00201113006296 – هاتف جوال: 00201064054995

كتب حروف منثورة للجيب

سلسلة كولاج للمنوعات

حشرة الكهرمان

العدد الثاني

مجموعة مؤلفين

المحتويات

مروان محمد عبده

بين أيدي حضراتكم العدد الثاني من (سلسلة كولاج للمنوعات)، أشعر بسعادةٍ كبيرة لإصدار العدد الثاني من كافة (سلاسل حروف منثورة للجيب)، وإقبال القراء على شراء العدد الأول من السلاسل المختلفة؛ وبالتالي دفع نجاح التجربة إلى عروقنا مزيدًا من الحماس والجرأة على استكمال مسيرة إصدار أعدادٍ أخرى من تلكم السلاسل؛ بل وإضافة سلاسل جديدة أيضًا!

وكل الفريق العامل على هذا المشروع الرائع كله أمل أن يستمر مشروع سلاسل حروف منثورة للجيب لسنواتٍ طويلة ليثري القارئ العربي الصغير، ويساعده في تكوين ملامح شخصيته من حيث البعد المعلوماتي/ الثقافي، والبعد الأخلاقي وتنمية الحسّ الوطني لدى القارىء العربي الصغير.

يحتوي العدد الثاني من سلسلة كولاج على عددٍ من الإضافات الرائعة تتنوع بين المقال التاريخي والمقال العلمي والقصص القصيرة، وأيضًا نتيجةً للإقبال الملحوظ على شراء العدد الأول من سلاسل حروف منثورة للجيب قرر الفريق أن يطلق مسابقتين مميزتين لقرّائنا الكرام من خلال سلسلة كولاج.

المسابقة الأولى تحفِّز القاريء العربي الصغير على المشاركة في باب القصة القصيرة وباب الخواطر النثرية بباكورة أعمالهم، والأعمال الفائزة سيتم نشرها في العدد الثالث (الشتوي)؛ والمسابقة الثانية علمية، سيتم طرح عددٍ من الأسئلة في العدد الثالث (الشتوي) تغطي عددًا من المقالات العلمية والتاريخية في الأعداد الأولى والثانية والثالثة، والفائزون سيتم تكريمهم في لوحة الشرف للعدد الرابع (الصيفي) بالإضافة لحصول الفائزين الخمسة كلّ منهم على خمسة أعداد مجانية من سلاسل حروف منثورة للجيب.

تهدف المسابقتان لتحفيز القارئ العربي الصغير على حبّ القراءة، وأن تتحول القراءة لدى تلك الأجيال الناشئة إلى ثقافةٍ متأصّلةٍ فيهم، لا يفارقونها أبدًا؛ بل ينهلون من القراءة كلما اتفق لهم ذلك.

ترتقي الأمة ويرتقي الإنسان بكثرة ما يقرأ وبكثرة ما ينوّع في قراءاته؛ فهي تعمل على تفتُّح مدارك العقل، وتحث القارئ على طرح الأسئلة والبحث عن أجوبةٍ، تخلق لديه مهارة التحليل والتقييم؛ ومن ثمَّ الانتقال بعد ذلك إلى مهارة الإبداع والابتكار، ولمَّا كانت الكلمة هي السرُّ الأكبر في سبيل تحقيق تلك المهارات للأجيال الناشئة؛ فكان هذا هو الدور الأساسي الذي تضطلع به(سلاسل حروف منثورة للجيب).

نتمنى من الآباء أن يشاركوا أبناءهم قراءة تلك الكتيبات لمَا فيها من ثراءٍ معرفي وأخلاقي قيّمٍ؛ وليس فقط مشاركةُ فعل القراءة بل وإدارة حلقةٍ من النقاش عن موضوعات تلك الكتيبات التي قرأوها؛ فهذا الأمر تحديدًا ينمّي لدى أبنائنا

مهارة التحدُّث واستعراض المعلومات وتحليلها وتقييمها، وتكسبه على المستوى النفسي الثقة بالنفس.

هذا دورٌ مهمٌ يجب أن يضطلع به الآباء ولا يغفلوه؛ فتحقيق استفادةٍ قصوى من تلك الكتيبات لهو الطريق نحو بناء شخصيةٍ إيجابيةٍ سويَّةٍ تساعد الأبناء على تخطي الصعاب والعراقيل التي قد تواجههم مستقبلًا في حياتهم العملية.

يقف خلف مشروع (سلاسل حروف منثورة للجيب) كتيبةٌ من العاملين عليها وكتيبة من المؤلفين المبدعين الذين تحركهم الحماسة للمشاركة في بناء أجيالٍ مبدعة مبتكرةٍ من خلال كتاباتٍ تربوية تثقيفية تساعد على تكوين شخصية أبنائنا.

ساهم قديمًا مشروع (روايات مصرية للجيب) التي كانت تصدر عن (المؤسسة العربية الحديثة) في بناء شخصية أجيال السبعينات والثمانينات والتسعينات، وهذا ما نطمح له في مشروع سلاسل حروف منثورة للجيب، أن نسهم بشكل فعّالٍ وحاسم في بناء أجيال الألفينات لنعدَّهم لمستقبلٍ مليءٍ بالتحديات يستلزم منهم التسلُّحَ بأدوات المعرفة المختلفة التي ستساعدهم حتمًا على تخطي كل التحديات وارتقاء سلَّم النجاح.

يجب أن نسهم جميعًا في إعدادِ جيلٍ مختلف في عالمٍ متغيرٍ يمتلئ بتحدياتٍ جسام؛ ولذلك يقع على عاتقنا جميعًا إعداد هذا الجيل النشء لمواجهة كافة هذه التحديات والعراقيل؛ لينهض بأمتنا العربية كما نتمنى ونحلم.. والله المُوفِّق والمُستعان.

زائدة
رحلة لجوء أميرةٍ أندلسية

د/ آية الجندي

زائدة .. "كنة (المعتمد بن عباد) حاكم إمارة إشبيلية"، هكذا تصفها المصادر العربية مع زيادة جملة "التي تنصَّرت وتزوجت من (ألفونسو السادس)، وأنجبت له ابنه الوحيد."

لم تسعفنا المصادر العربية بمزيدٍ من المعلومات عن زائدة الأندلسية، فكل ما نعرفه بشأنها هو أنها زوجة الفتح المُلقب بالمأمون بن المعتمد بن عباد والي قُرطبة من قِبل أبيه، فقد تناقلت المصادر معلوماتٍ شحيحةٍ جدًا عنها، التقطها الباحثون العرب والإسبان لينسجوا القصص والحكايات عنها، فانقسم المؤرخون القدامى والجُدد حول تفاصيل حياتها؛ بل اختلفوا على حقيقة شخصيتها، فنجد فريق المؤرخين العرب والمسلمين يصفونها بأنها "زوجة ابن المعتمد"، في حين يشير إليها فريق المؤرخين الإسباني بأنها "ابنة المعتمد" التي قدَّمها "كمحظية" لملك قشتالة ألفونسو السادس، لكن ما

صدمني فعلًا هو أنَّ البعض أخبرني أنها مجرد أسطورة؛ لكنني لم أقنع بهذه الإجابة التي تمثل طريقةً بسيطة للتخلص فقط من عبء غموض الشخصية والتنقيب وراء الأحداث لمعرفتها .. فمن هي "زائدة"، وما هي قصتها؟..

في شهر صفر سنة 484هـ/ مارس 1091م، دخلت جيوش المرابطين مدينة قرطبة، وقتلوا واليها "المأمون بن المعتمد بن عباد"؛ ففرت زوجته "زائدة" مع أبنائها وحاشيتها إلى حصن المدور "أحد حصون مدينة قرطبة"، ومن هناك لجأت إلى ملك قشتالة ألفونسو السادس؛ بسبب الوضع السياسي المضطرب وحالة الحرب التي كانت تمرُّ بها بلاد الأندلس آنذاك، فقد عزم يوسف بن تاشفين أمير المرابطين على اجتثاث جذور ملوك الطوائف من الأندلس، وجعلها ولاية تابعة للحُكم المرابطي، وبالفعل فقد نجح ابن تاشفين في إسقاط إمارة بني عباد بإشبيلية، واقتاد المعتمد أسيرًا هو وعائلته ـ أو مَن تبقى منهم- إلى بلاد المغرب، حيث عاش في ظروفٍ قاسية مع زوجته وبناته، في حين أنه فقد إحدى بناته في إشبيلية .

كان لجوء زائدة إلى قشتالة أرضًا خصبة لنمو العديد من الروايات من الجانب الإسباني، التي تعددت وغالت في بعض الأحيان؛ لكنها تتفق جميعها على أنها ابنة المعتمد ابن عباد وليست كنته ـ وهو ما يناقض الرواية العربية ـ في حين تختلف تلك الروايات في بعض التفاصيل، التي ربما كانت لترضي المجتمع القشتالي آنذاك، وتفتُّ في عضد المجتمع المسلم الأندلسي، وتشير إحدى الروايات إلى أن زائدة التي

يطلقون عليها اسم "La Mora Zaida" ابنة المعتمد التي أهداها "كمحظية لألفونسو"، مقابل إقامة تحالفٍ بينهما لصد المرابطين عن الأندلس، مع تقديم المعتمد جزءًا من حصون مملكته كمهر لألفونسو.

في حين تشير روايةٌ أخرى إلى أن زائدة ابنة المعتمد قد وقعت في حب الملك النصراني بسبب شهرته وشجاعته في حروبه ـ التي كانت في الأساس ضد مسلمي الأندلس ـ، وأنها راسلته سرًّا وعرضت عليه الزواج مقابل أن تمنحه حصن (كونكة)، الذي كانت ستتلقاه كهديةٍ من والدها المعتمد عند زواجها، وتشير الرواية كذلك إلى أن ألفونسو وقع في حبِّها أيضًا وتقدَّم لخطبتها، كما طالبها باعتناق المسيحية.

ليس هناك شكٌّ في أنَّ الجانب القشتالي قد استغلَّ فرصة لجوء كنة المعتمد إليهم، ليمنحوا أنفسهم ورعاياهم شعور الأفضلية والانتصار وأيضًا القوة، فها هي أميرة أندلسية مسلمة تقع في حب ملكهم بسبب شجاعته في حروبه ضد أبناء جلدتها، فتترك دينها وتطلب منه الزواج، متغاضيةً عن تعاليم دينها وعن تربيتها وسط مجتمع مسلم، وضاربةً بالشرع والتقاليد عرض الحائط!. هي بالفعلِ روايةٌ مثالية تروي غرور الجانب القشتالي!.

على أية حال فبعد وصول "زائدة" إلى قشتالة وبعد استقرارها هناك فإنها تنصَّرت هي وأبناؤها من المأمون وحاشيتها، وتسمت باسم "Isabel إيزابيل"، وتزوجها الملك ألفونسو السادس، وأنجب منها ابنه الوحيد وولي عهده الإلفانت سانشو El infant Sancho.

وضعت ولادة الإلفانت سانشو El infant Sancho حدًّا لقصة زائدة التي اكتنفها الغموض، حيث توفيت أثناء ولادته، في حين لقى هذا الابن مصرعه في الحادية عشرة من عمره، وقيل في التاسعة، أثناء معركة أُقليش ما بين نصارى إسبانيا والمرابطين في سنة 501ه/1108م، وبالنسبة لأبنائها من المأمون فلم يرد ذكرٌ لهم في أيِّ مصدر، ولم يُعرف مصيرهم، وإن كان المصير المتوقع هو اندماجهم داخل المجتمع القشتالي كنبلاء على أغلب الظن.

بعد وفاة زائدة دُفنت في مدينة ليون Léon، ثم تمَّ نقل جثمانها إلى دير ساهجون Sahagún، حيث وُضعت لها مرثية كُتِب عليها: "هنا ترقد الملكة إيزابيل امرأة الملك ألفونسو، ابنة ابن عباد ملك إشبيلية، والتي كانت تُسمى زايدة"، وبهذه المرثية إشارة إلى تاريخ وفاةٍ هو 12سبتمبر يوم الاثنين؛ لكنه يخلو من ذكر سنة، وبالرغم من ذلك فإننا يمكن أن نخمِّن سنة وفاتها، وهو ما بين عام 1097 وعام 1099م، وذلك على أساس سن ابنها سانشو عند وفاته والذي اختلف عليه المؤرخون أيضًا.

وبالرجوع إلى نظرية أنَّ "زائدة" هي ابنة المعتمد وأنه هو من زوّجها من ألفونسو السادس، فبالطبع هي نظريةٌ مشكوكٌ في صحَّتها، حيث إنَّ المعتمد لا يمكن أن يقدِم على تلك الخطوة المنافية لتعاليم الإسلام والتي كانت لتصيبه بالعار، بالرغم مما عُرف عن هذا العصر من محالفة المسلمين للنصارى، فربما تحالف ابن عباد مع النصارى ضد بني جلدته، وربما دفع إتاواتٍ لهم؛ لكن لا يمكن أن يقدِّم ابنته كمحظيةٍ أو زوجة غير

شرعية لأحد النصارى، فما كان ليجازف ويقدم على تلك الخطوة التي كانت من المؤكد ستثير عليه الأندلس بأكملها والمرابطين، أيضًا ما كان لحدثٍ مثل ذلك أن يتركه مؤرخو هذا العصر والعصور اللاحقة دون الإشارة إليه، وكان ليستفيد منه أمراء المرابطين في الترويج لشرعية حربهم ضد ملوك الطوائف.

وما يؤكد ما سبق ما ذكرته المصادر العربية عن ابنةٍ للمعتمد تسمى "بثينة" وقعت في الأسر بعد حالة الهرج والمرج التي أصابت المدينة بشكلٍ عام وقصر الإمارة بشكلٍ خاص عقب هجوم المرابطين، وانتهى بها الحال أن تمَّ بيعها كجارية، واشتراها أحد تجار إشبيلية على أنها جاريةٌ ووهبها لابنه، فلما أعجبته امتنعت عنه وأعلمتهم بنسبها قائلةً: "لا أحل لك إلا بعقد نكاحٍ إن رضي أبي بذلك"، وأرسلت لوالدها تستشيره في زواجها، وكان المعتمد وزوجته آنذاك بالمغرب لا يعلمان ما حدث لها، فوردت عليهم رسالة من ابنتهم نظمتها في صورة شعرٍ تشرح لهم ما واجهته منذ نُهب قصرهم وزال مُلكهم وتستأذنه في الزواج، وقد أسعدت تلك الرسالة ابن عباد لمعرفته بأنَّ ابنته على قيد الحياة وأذن لها بالزواج، فإن كان المعتمد شخصًا متهاونًا في دينه ما كانت ابنته لتستأذنه في زواجها وهي في أسوأ الظروف.

إنَّ الصراع القائم آنذاك في شبه الجزيرة الأيبيرية، لم يكن صراعًا سياسيًا فقط؛ وإنما صراعٌ عقائديٌ أيضًا؛ ففي الوقت الذي صمت أغلب المؤرخين والفقهاء العرب عن قصة زائدة، ولم يذكرها منهم سوى اثنان فقط هما: المؤرِّخ "ابن

عذاري"؛ والفقيه "الونشريسي"، بصورةٍ مقتضبةٍ جدًا، كان المؤرخون الإسبان يبنون نظريات ـ لا أساس لها من الصحة ـ قائمةً على قصة لجوء سيدة أندلسية وأبنائها هروبًا من الحرب والأسر.

إن المراجع العربية والإسبانية التي تناولت قصة زائدة لم تضع في عين الاعتبار أنها دخلت قشتالة لاجئةً هاربة بأبنائها أحفاد المعتمد من حرب قُتل فيها زوجها، وأُسر فيها والد زوجها وأسرته جميعًا، ليتم نقلهم إلى المغرب ليعيشوا في ظروفٍ قاسية، وإنما اتخذ كلٌ منهم موقفًا تحليليًا ونقديًا للرواية، وانحصرت تحاليلهم ما بين تقصّي حقيقة هويتها هل كانت ابنة المعتمد أم كنته؟ ومتى لجأت إلى ألفونسو السادس؟ وتاريخ وفاتها، ومحاولة فرز الأجزاء الأسطورية في الرواية واستخلاص الحقيقة، لقد أسهمت كل هذه الدراسات في تكوين صورة أقرب للحقيقة دون مبالغاتٍ وعلى رأسهم المستشرق (ليفي بروفنسال) والأستاذ (عبد الله عنان).

وعلى هذا فإننا إن فكرنا في وضع زائدة كلاجئة في قشتالة، ووضعنا في الاعتبار كل الهواجس التي من الممكن أن تنتابها، لوجدنا أنه من الممكن أن تكون قد أُجبرت على التنصُّر هي وأبناؤها وحاشيتها؛ فالوضع السياسي الذي كانت تمرُّ به بلاد الأندلس خصوصًا إشبيلية وقرطبة من سيطرة المرابطين وقتلهم للمأمون وأسرهم للمعتمد وعائلته ونفيهم إلى المغرب، كل هذا من الطبيعي أن يصيب أحد أفراد تلك العائلة بالخوف، فربما خافت على مصير أبنائها إن عادت إلى إشبيلية، والذي لن يختلف عن مصير والدهم أو جدهم، أو ربما أُجبرت على

البقاء في قشتالة والتنصُّر، ولربما أُجبرت على أن تصبح محظيةً لألفونسو وهو المعروف بكثرة زيجاته؛ خصوصًا وأنها كانت على قدرٍ كبيرٍ من الجمال، وما يجعل الأمر يزداد غموضًا هو عدم معرفتنا لأصل زائدة، هل كانت عربيةً؟ أم إحدى الجواري أمهات الأولاد؟ .. فإن كانت جارية أم ولد، فإن جميع الفرضيات السابقة يمكن أن تنهار أمام هذه الفرضية، لسببٍ بسيط هو أنَّ الجواري في أغلب الأحيان كنَّ على الديانة النصرانية، وكنَّ يعتنقن الإسلام عقب أسرهنَّ، وهناك مَن تعود لديانتها مرةً أخرى إذا سنحت لها الفرصة لذلك، كما حدث مع زوجة مجاهد العامري ـ أمير إمارة دانية ـ وأمه بعد وقوعهم في الأسر على يد أهل بيزا، حيث عُدن إلى المسيحية، وقد وقع في الأسر معهنَّ ابنه (علي) والذي كان يبلغ آنذاك سبع سنين، والذي تم تنصيره، واستمر مجاهد العامري طيلة سبعة عشر عامًا يحاول استعادة ابنه من الأسر إلى أن نجح في ذلك، ويقال أنه عند عودته كان شابًا يرتدي ملابس الروم ويتحدث لغتهم ويدين بدينهم، وعرض عليه والده الإسلام فأسلم وتم تجهيزه ليستعيد مكانته كوليٍّ للعهد، وإن كان علي قد عاد إلى والده وارتدَّ عن المسيحية؛ فإنَّ والدته وجدته ظللن على المسيحية ولم يعدن معه، وهو ما يوضح أنَّ البعض كنَّ يتحيَّنَ الفرص للعودة إلى ديانتهن مرةً أخرى .

على أية حال فبالرغم من تضارب الآراء حول زائدة، فما حدث لها يلخص صراعًا سياسيًا وعقائديًا كان دائرًا في شبه الجزيرة الأيبيرية آنذاك، قوةٌ في طريقها للانهيار، وقوةٌ أخرى تزداد سطوتها يومًا بعد يوم، إذن فالفكرة ليست في إسلامها أم

تنصُّرها؛ وإنما في استغلال المؤرخين الإسبان لقصتها لإثارة حماسة رعايا بلادهم، وتغاضيهم عن فكرة لجوئها سياسيًا إلى قشتالة، والتركيز على فكرتهم بأنَّها "ابنة المعتمد التي تنصَّرت وقدمها كمحظيةٍ لألفونسو السادس"... وهو ما ليس له أساسٌ من الصحة.

فَنُّ الفسيفساء

صفاء حسين العجماوي

اختلف الإنسان عن سائر المخلوقات التي سكنت الأرض، وانتشرت على سطحها، ليس لكونه كائنًا عاقلًا ومفكرًا ومتكلمًا؛ ولكن لكونه متذوقًا للجمال، ومبدعًا للفنون بشكلٍ لم يسبقه إليه أيٌّ من الكائنات الحية الأخرى، وكان للتصوير بأنواعه مكانةٌ خاصة عنده، فمنذ القِدم كان الإنسان يزيّن الكهوف التي يسكنها برسومٍ وتصاوير، لا تعبر عن الطبيعة التي يعيشها فحسب، ولكن امتدت لتجسّد معتقداته ومخاوفه، فأصبحت لوحاته الجدارية الملونة عبارةً عن مسرحٍ تعتليه مشاعره المختلفة، تحكي للناظر عما يدور بداخل الفنان الذي أبدعها، ومع مرور الزمن تطوَّرت الفنون البشرية وخاصةُ التصوير؛ فمن الرسم مباشرةً على الجدران[1]، انتقل إلى التصوير الجداري بأسلوب التمبرا[2]، ثم الفريسك[3]، والتي

---

[1] - يقوم الفنان برسم ما يدور بعقله ويلوّنه باستخدام اللون بشكلٍ مباشر حيث يقوم بتنديّة السطح قبل الشروع في الرسم

[2] - هو أسلوبٌ فني يعتمد على خلط المادة الملونة بوسيطٍ لوني (بيض- غراء حيواني- صمغ عربي- شمع) ليعمل على ربط المادة اللونية بالسطح المراد الرسم عليه، ومن المعروف أن التصوير الجداري بأسلوب التمبرا

تطورت لتأخذ تقنيةً مختلفةً، ولكنها مقاربةٌ ألا وهي (الفسيفساء)، والتي ظهرت في فترة ضعف التصوير الجداري التقليدي، حيث احتلّت مكانه للتعويض مع الحفاظ على الأفكار والمعتقدات التي أراد الإنسان الحفاظ عليها، ثم سارت على التوازي معه، وأخذت تتطور لتصبح فنًّا زخرفيًّا معماريًا يزيّن الجدران والأرضيات حتى يومنها هذا، فنجدها تزين أرضيات وجدران الأماكن الهامة مثل مبنى اتحاد الإذاعة والتلفيزيون بماسبيرو، وبرج القاهرة، إلى جانب العديد من المنشآت المدنية والدينية مثل مترو الأنفاق، والعديد من المساجد.

يتكون من عدة طبقاتٍ: الأولى هى الحامل ويقصد بها الجدار وقديما كان من الحجر الجيري أو الحجر الرملي، والثانية طبقات التحضير وهي في الغالب ثلاث طبقات أو أكثر ـحسب الحاجةـ من الجبس و/أو الجير المخلوط مع الرمل بنسبة 3:1 وتستخدم لتسوية السطح المراد الرسم عليه، والثالثة طبقة الغسول الأبيض وهي طبقة رقيقة السُمك من الجبس، والتي يوقع عليها التصميم المراد رسمه، وأخيرًا طبقة الألوان المعبرة عن الرسم، وفي بعض التصاوير الجدارية النادرة تُطلي طبقة الألوان بطبقة ورنيش للحماية.

3 ـ هو أسلوب فني ظهر بعد التمبرا وانتشر في أوربا، وفيه يتم استخدام المادة اللونية دون وسيطٍ لوني، ولكنه يعتمد على تداخلها مع طبقة الجير قبل جفافها، حيث يستبدل طبقة الغسول الأبيض بطبقةٍ من الجير الرطب توضع قبل الرسم مباشرةً جزءًا جزءًا يتم رسمه، ثم ينتقل لما يليه، على خلاف أسلوب التمبرا الذي يملأ الجدار بأكمله بطبقة الغسول الأبيض. في مصر لم يكن أسلوب الفرسك صالحًا كما في أوروبا، نظرًا لأرتفاع درجات الحرارة فيها، مما دعى الفنان لمزج اللون ببعض الوسيط اللون لتغلب على سرعة جفاف الجير، وسمى هذا الأسلوب بالسمي فريسك. ويطلق الآثاريون على هذا الأسلوب الفني اسم فرسكو.

ونظرًا لكون الفسيفساء تعتمد على المواد الملونة صغيرة الحجم التي تُرصُّ بشكلٍ فني، فقد حدث خلافٌ بين العلماء على كونها أحد فنون المنمنمات أم لا؟ وبالرجوع لتعريف الفسيفساء أو - mosaic – وهى كلمة يونانية الأصل- على أنها فنٌّ وحرفة صناعةٍ وتشكيل لوحاتٍ تصويرية من خلال مكعَّباتٍ صغرية، والتي تسمى أيضًا (فصوص) أو تسرات الفسيفساء التي تُوضع مع بعضها البعض، وتغرس بداخل مونة أو خلطة الصبة لزخرفة وتزيين الأرضيات أو الجدران[4]، يمكننا تغليب أنها لا تعدُّ من فنون المنمنمات، ولكنها تتبع التصوير الجداري.

وعلى الرغم من قِدم فنّ الفسيفساء إلا أنها لم تحظَ بدراسةٍ كافية لها، سواءً من الناحية التاريخية أو الفنية أو من ناحية الصيانة والترميم والحفظ، على الرغم من كون فن الفسيفساء يعتبر من تقنيات التصوير الجداري التي شهدت تطورًا كبيرًا على مرِّ العصور من حيث تعدُّد تقنيات التنفيذ، واختلافها، واستخدامات الخامات المختلفة نتيجة للطبيعة الجيولوجية ومواردها المتعددة من توافر الأحجار أو الرخام أو الزلط....الخ، حيث أنها وحتى أوائل القرن الماضي كان يُنظر للفسيفساء على أنها مجرَّد فنٍ زخرفي لا يرقى لمستوى النحت أو التصوير.

---

[4] ـ دليل فن الفسيفساء ـ أسامة حمدان ـ مركز الفسيفساء ـ أريحا، مؤسسة أفيس، الأراضي المقدَّسة وحراسة الأراضي المقدسة ـ فلسطين- 2012- ص14

يعود الفضل في نشأة هذا الفنِّ للسومريين، حيث تعود أقدم نماذج الفسيفساء إلى الألف الخامسة قبل الميلاد، لفسيفساء جدارية موجودة بمدينة الوركاء السومرية بجنوب العراق، حيث زيَّنت واجهة معبد (أنين)، وهي على هيئة مخاريط طينية محروقة غُرست في جدارٍ مصنوع من الطين، فيما يعرف بالفسيفساء الفخارية؛ أما في مصر فقد عرفت مصر الفسيفساء بمعناها الحقيقي في القرن الأول قبل الميلاد، حيث عُثر على لوحاتٍ تنتمى إلى ما يعرف بالـ (عصر السكندري) - وهي محفوظة حاليًا في المتحف اليوناني الروماني بالإسكندرية- والذي يعتبر تطوَّر عن الفن الإغريقي للفسيفساء، والذي أخذ خطواتٍ واسعة تطوريًا في العصر الروماني والبيزنطي، ويعتبر العصر البيزنطى من أكثر العصور ازدهارًا بالنسبة لفنِّ الفسيفساء.

ولقد تنوَّعت مواضيع الفسيفساء وازدهرت منذ العصر اليوناني، ولم تعد بسيطةً أو هندسية فقط؛ بل تنوَّعت بين زخارف نباتيةٍ وحيوانية، ورسوم هندسية، إلى جانب ظهور فسيفساء البورتريهات، والتي لم تقتصر على تصاوير معتقداتهم الدينية فقط؛ بل شملت تراثهم من الأساطير، والمناظر الطبيعية المختلفة.

ولقد أبدع المسلمون في فنِّ الفسيفساء المُستلهمة من الفنِّ البيزنطي التي عملوا على تطويرها، وإدخالها في كافة مناحي الحياة الدينية والمَدنية، فنجدها في المساجد والمدارس والقصور والحمامات وغيرها، ويرجع الفضل في ذلك لثراء واتساع واستقرار الدولة الإسلامية، التي بلغت عمائرها

ومنشآتها من الفخامة والإبداع ما يعجز القلم عن كتابته، وأصبح للزخرفة عامةً -والفسيفساء خاصةً- حظوتها ومكانتها في السِّمَات الفنية للحضارة الإسلامية، ومن أقدم تلك النماذج فسيفساء الجامع الأموي بدمشق، أما أشهر وأجمل فسيفساء نُسبت للعصر الأموي، فهي فسيفساء مسجد قبّة الصخرة.

غير أنَّ الفسيفساء في العصر المملوكي أصبحت ذات طابعٍ مميز من حيث أسلوب الصناعة، والخامات المستخدمة، حيثُ حرص الفنان في العصر المملوكي على إدخال عنصرٍ جديد في زخرفة الجدران والأرضيات؛ ألا وهي الفسيفساء الرخامية، والتي أبدع الفنان المصريُّ في استخدامها ليصنع منها أشكالًا هندسيةً في غاية الجمال والروعة، والتي أحيانًا ما تختلط بالزجاج أو الصُدَف، ومن أروع الأمثلة لها فسيفساء جامع قلاوون، والذي يُنسب للسلطان المملوكي الناصر محمد بن قلاوون، والذي بناه عام 718هـ- 1318م، مكان جامع الكامل محمد، إذ قام بهدمه، ثم بنى مسجده في أربعة شهورٍ وخمسةٍ وعشرين يومًا، وقد عرف المسجد كذلك بالجامع الناصري، ولقد ظلَّ المسجد يُقام به الصلاة لقاطني القلعة ومَن حولها في العصر المملوكي والعثماني، حتى أقام (محمد علي) جامعه في مقابلته من جهة الغرب، وفسيفساء الجامع بأكملها (الجدارية والأرضية) تنتمي للفسيفساء الرخامية الملوَّنة، وفسيفساء المحراب المجوف مصنوعةٌ من الرخام المطعَّم بالأصداف، وتوجد الفيسفساء الجدارية بكل من الجدارين الشمالي الشرقي والجنوبي الغربي.

مراجع للاستزادة:

1. دليل فن الفسيفساء- أسامة حمدان- مركز الفسيفساء - أريحا، مؤسسة أفيس، الأراضي المقدَّسة وحراسة الأراضي المقدسة- فلسطين-

2. ترميم الفسيفساء الأثرية- أحمد إبراهيم عطية- دار الفجر للنشر والتوزيع- الطبعة الأولى 2003

3. الفسيفساء تاريخ وتقنية- محمد سالم- الهيئة المصرية العامة للكتاب

4. - فن الفسيفساء الروماني (المناظر الطبيعية)- عبير قاسم- ملتقى الفكر- 1998

5. الفسيفساء فنٌ عريق ومتجدد- موسى الديب الخوري- دمشق

د. رباب حسين العجماوي

المدرس بقسم الإذاعة والتليفزيون
بكلية الإعلام وتكنولوجيا الاتصال بجامعة السويس

الدراما وخطر التنميط

تتمتع الدراما بمكانة خاصة بين المضامين المقدمة في وسائل الإعلام المختلفة، وهي التليفزيون والراديو ومواقع الفيديو المدفوعة والغير مدفوعة مثل شاهد ونتفيلكس واليوتيوب والمنتديات مثل سينما كلوب وأرا دراما، كما تحظى دور السينما باهتمام خاص من الجماهير حتى يومنا هذا؛ خاصة في ظل تجديد دور السينما المتكرر لطريقة العرض، فمنها السينما ثلاثية الأبعاد ومنها السينما التفاعلية والتي أصبحت تجتذب الأسرة كاملة، وهنا تكمن الخطورة في عرض نماذج سلبية متكررة عن طريق رسم شخصيات رئيسية مقدمة في هذه الأفلام والمسلسلات وغيرها؛ مما قد يؤثر على سلوكياتنا اليومية.

ولعل أهم ما يميز الدراما تجسيد واقع قد لا يتمكن الفرد من معايشته، ويتم تقديمه بطريقة مشوقة تدفع الأجيال الصغيرة لانتهاج سلوكيات قد لا تتماشى مع واقعها الفعلي، فتخلق واقعا جديدا مستلهما من أبطال هذه الدراما، مما يشوه سلوكيات

المجتمع الحالي ونسقه القيمي على المدى البعيد، ويفرض سؤالا هاما حول واقعية هذه المضامين، والسؤال هنا أليس من الأيسر للأطفال والمراهقين تبني النماذج المقدمة في السينما أو المعروضة في التليفزيون؟ أم تكوين صور حول الواقع المعاش ومن ثم التعاطي مع كل موقف حسب النسق القيمي لدى كل واحد منهم؟ والحقيقة أن الإجابة على مثل هذا السؤال البسيط أكثر تعقيدا مما تبدو؛ فالطفل الذي تنشّأ بوعي ديني سليم وبصرامة حول ما هو صواب وما هو خطأ سنجده بعيدا تمام البعد عن هذه الأنماط الدرامية بل وقد نرى عزوفه عن متابعة كل ما هو مقدم على الشاشات المصرية العربية، وهو ما يجعلنا نقع في دائرة الاغتراب، كما أن الطفل الذي ولد في بيئة أكثر تسامحا عند وقوعه في الخطأ قد يسرع في تبني مثل هذه النماذج.

والآن علينا الإجابة عن ماهية التنميط؛ هو تكرار عرض الصورة الواحدة عن جماعة ما أو شخص ما أو دولة ما أو شيء ما سواء بالسلب أو الإيجاب، وهو ما يترتب عليه حصر الصور المدركة عن هذه العناصر من خلال ما يتم تصويره فقط وليس من خلال الواقع الفعلي؛ فحينما نعرض صورا للأسطورة المصرية ونلصقها بشخص معين له مواصفات خاصة كالبنية الضعيفة والوجه الأسمر النحيل واستخدام اللغة السوقية في الحديث، سنجد النشء يسعون خلف هذا النموذج لتقليده خاصة وأن أنماط المشاهدة قد تزيد من التأثير المتوقع؛ فالمشاهدة العائلية تضفي كثيرا من الشرعية خاصة إذا كان

الأب أو الأم أو كليهما يضحكان على مثل هذه الشخصية وطرق معالجتها للأمور.

وهنا تجدر الإشارة إلى عملية أخرى وهي القولبة إحدى أهم نتائج التنميط؛ ويقصد بها جعل الجمهور مثل القالب الواحد بتعبئة أدمغتهم بصور معينة تجاه دولة ما أو جماعة ما او شخص ما وهكذا، فكلما شاهد الجماهير أنماطا مكررة زادت احتمالية القولبة بين المصريين، وكلما قل سن الجمهور المستهدف كلما كان عرضة أكثر لتبني السلوكيات المقدمة على شاشتي السينما والتليفزيون، وتزداد خطورة هذه المضامين بعرضها على شاشة التليفزيون نظرا لأن الجمهور يفترض فيها الأمان الإعلامي والرؤية الإعلامية الواضحة للقناة على الأقل أو القائمين على دور السينما والحد الأدنى من الرقابة وهو ما لا قد يحدث في القنوات المعلبة التي تذيع أفلام ومسلسلات فقط، أو في دور السينما سواء عائلة أو غير ذلك.

كان علينا الإشارة لمدى خطورة تنميط ما يقدم للجماهير من دراما، كما يقبع خطر استخدام الإعلانات لمثل هذه الشخصيات باختيار مصممو الإعلان لشخصية درامية رائجة حتى تقدم إعلانا عن منتج معين، وهو ما يزيد من حجم الكارثة حينما يكون هذا النموذج سلبيا، ويضفي شرعيا وتكرارا للرسالة الموجهة نحو مثل هذه الشخصيات.

قواعد اللعب (علم نفس اللعب)

د/ رباب حسين العجماوي

يهدف علم نفس اللعب إلى الاستفادة القصوى من اللعب وإكساب الطفل القيم الإيجابية والسلوكيات الحميدة وتطوير الخيال والمهارات الحركية لديه.

ضع قواعد اللعبة مع ابنك وحاول أن تبني معه سلوكيات جديدة.

القصة التي تلقيها لابنك تساهم في خلق آفاق جديدة لديه وتسطر في عقله السلوكيات المناسبة للمواقف المحتملة فلا تستهين بها.

يميل بعض الأطفال للألعاب الحركية وآخرون للألعاب الذهنية ما عليك سوى اختيار ما يفيد ابنك في جوانب حياته ودعه يختبر أنواعا مختلفة من اللعب لتكبر مداركه.

حسن علاقتك بولدك واخترع لعبة تضعوا قواعدها سويا.

اجعل من قصصك ولعبك مع ولدك ما تقفل به ثغرات شخصيته.

لا تترك ولدك دون رقابة في اللعب إن كان دورك لاعبا إلتزام به وإلا فدور رقابيا استشاريا فلا تجعل نفسك عبئا على الطفل أثناء لعبك معه.

ناقش طفلك بعد كل لعبة حول المفاهيم الجديدة مثل فريق العمل، الإيثار... واستمع له دائما.

البازل تنقصه قطعةٌ

تركيبتنا النفسية لا تكتمل أبدًا؛ لظروفٍ متعددة قد تكون تنشئةً أو بيئةً داخلية وخارجية، أو صدمةً، أيًا ما كان السبب لابد أن يظلَّ البازل النفسي تنقصه قطعة، قد تكتمل بأحدهم وقد نخطو العمر بهذا البازل الناقص حتى النهاية.

كلنا ننقسم إلى شقِّين: الأول يدرك قطعته الناقصة ويتمكن من التعامل معها وتدارك هذا النقص وتبعاته وقد يسعى لعلاجها ، الثانى لا يدرك أو يتجاهل هذا النقص ويستتبع هذا تفاقم هذا النقص وزيادة سطوته عليه مما يشوِّه باقى قطع البازل النفسي لديه بشكل قد يصل للبشاعة.

حتى هذه اللحظةَ كلُّ منَّا بمفرده وهذا لا يمتُّ للواقع بصلةٍ؛ فالكائن البشري لم يُخلق ليعيش منفردًا، لابد من الحياة المشتركة بين بنى جنسه، وهنا تُولد العلاقات.

بداية فيلم الرعب نشوء العلاقة بين اثنين على الأقل من البشر " شيءٌ يدعو الى القلق ودقَّات القلب المتسارعة والتصبب عرقًا؛ فلا أحد يعرف حدَّ الأزمة والتداعي الحرُّ فى العلاقة ننتظر فقط لنرى كلمة النهاية. "

هناك الآن أربعة احتمالات:

- الأول طرفا العلاقة من الشقّ الأول وهو المدرك لقطعته الناقصة، وهنا دور العقل لتكاملَ الطرفين وعلاج أو تحاشي القطع الناقصة عند كليهما، وهنا نجاح تكامل الطرفين نهاية لبداية طريق حياة.

- الثانى طرفٌ من الشقّ الأول المدرك وطرفٌ من الشق الثانى غير المدرك؛ هنا يقع عبء النجاح على الطرفين: طرف يقدر ويكمل ويتحاشى؛ وطرفٌ يتقبل ويتجاوب ويتفاعل لطريق نجاح.

- الثالث مشابه الثانى مع رفض طرف الشقّ الثانى القبول بنقص قطعة البازل ورفض التجاوب والتفاعلَ، وهى علاقة فاشلة مدمرة فى النهاية.

- الرابع أن يكون طرفا العلاقة من الشق الثانى الرافض للتصديق بالنقص؛ وهذه العلاقات مدمرة لناتج العلاقة قبل أن يدمِّر الطرف الأضعف فى العلاقة.

هنا لابد من فترةٍ زمنية يرى كل طرف الآخر بشكلٍ كامل ليجمع رؤيته كاملةً؛ فأغلب البشر قد يفقدون الميزة ومن المستحيل فقدان النقص، هل يستطيع كل طرفٍ تحمُّل هذا النقص؟ هنا لابد أن تنظر فى الداخل وليس الوجه فقط، تابع الانفعالات وما تظهره، ولحظات الصراحة وما تقوله، ولغة الجسد الرافض دائمًا للكذب والاصطناع اللفظي، وبعد تجميع مفردات البازل هنا يأتى دور التقييم العقلى أولًا ثم الرضا؛ وعلى الرغم من أهمية العقل إلا أنَّ الرضا بالأهمية بمكان حيث يتبعه الاكتفاء بالطرف الآخر ينقصه عمَّن سواه.

صدقتى مع نسبةٍ جيدة من الرؤية والتركيز ستنجح علاقاتك حتى بالقطعة الناقصة ، وتذكر لا أحد كامل؛ فالكمال لله وحده، وخُلقنا ناقصون لنكمل ونرمِّم ونداوى بعضنا البعض بالحكمة والموعظة الحسنة والمودة والرحمة ، كلُّنا ينقصنا قطعة بازل ... كلُّنا .

المعنى كبير -لو كنت تعلم- حين قالها، إنه شخصٌ يسحب من رصيد العلاقات على المكشوف، خُذِل حتى قتله الخذلان، مدَّ يد الحبِّ والمساعدة وكان حاضرًا بجانب الجميع، كان يعطي وفقط؛ إلى أن وصل إلى نقطة (أين أنا منهم ؟!، أنا فى دائرتهم جميعًا ولكن مَنَ فى دائرتى؟!)، لننظر مَن يجيب "أنا مُنسحب"، صمتٌ يقتل ذرات الصبر وبقايا الأمل، صمت ينتظر صافرة النهاية، لم يجب أحدٌ، لم ينظر أحد؛ حتى لم يلتفت أحد! وقف يبحثُ عن بقاياه عند الآخرين فلم يجد، ذابت مشاعره التى منحها وأفعاله القوية لهم فى ذواتهم، ولم يذكر منهم أحدٌ عنه ذكرى حرف، كان هذا هو وصف الحال فيما آل إليه أحدهم، مشكلتنا الحقيقية أننا نستند فقط، نأخذ فقط نستحوذ بلا توقُّف، ولا نشعر بهذا الملاك البشري الموجود فى دائرة كلٍّ منَّا، هو شخصٌ فيه من المروءة والحصافة والكفاءة والمشاعر أن يمنح لكلٍ منَّا حياةً، ولكن مَن يمنحه الحياة؟ فعل الحياة كالطاقة لا يفنى ولا يُستحدث من عدم، دائرةٌ تأخذ أنت أعطي أنا لتعطي أنت ويأخذ هو وهكذا، السقطة هنا عند كسر دائرة تمرير الحياة أحدهم يعطي .. يعطي .. يعطي؛ حتى يتحرك المؤشِّر ليخبره بقرب نفاذ المخزون فيبحث عن مصدرٍ يمدُّه فلا يجد، يفتش فى أوراقه وقلبه وعقله عن أحدٍ منهم فلا يجد، لا أحد ممن أعطاهم يشعر بوجوده سوى أنه يعطيه وفقط، يمنحه حياةً لا يعرف قيمتها، هنا تتغير قواعد اللعبة واللغة وكل قاعدةٍ أخرى ، عند نفاذ المخزون من المشاعر والعطاء

أما أن نأخذ مما منحنا، أو ننكفئ على ذواتنا فنصير موتى في انتظار الموت، أو نبدأ حياةً جديدة مع دائرةٍ جديدة نجد فيها قيمتنا وحياتنا، دائرة نموت فيها بكل طمأنينةٍ أننا سنكون على ما يرام، ومَن يقوم بهذا الخيار الأخير هو أقوانا وأشجعنا وأكثرنا بصيرةً، ولكم كلُّ الحب عسى أن يكون لنا منكم حبٌّ.

سؤالٌ مملٌ جدًا، هل تعلم أنَّ مشاعرنا الإيجابية قد تكون كاذبةً والعكس صحيح؟! إن كانت إجابتك بنعم فأنت واقعيٌّ؛ وإن كانت بلا فأنت كاذب، ولنضع أمثلةً: قد أحبُّكَ ولكن لميزةٍ ظاهرة فيك وليس لشخصك، وإذا سألت أحدهم هل تحب فلانًا؟ أجيب بكلِّ كذبٍ (نعم) لأني في أعماقي أعرف الحقيقة، أما لو كنت أكره فلانًا وسألت هل تكره فلانًا؟ أجيب بكل صدقٍ (نعم) لأني في أعماق نفسي أنه مع الحدِّ الأدنى للكراهية أنا بالفعل أكرهه، إذا ما آمنَّا بهذه الحقيقة فأول خطوةٍ نحو الصواب أن نزحزح الهوى جانبًا ونحكم على علاقاتنا بعين العقل، لا ننطق بكلمة (أحبك) إلا وهي حقيقة حُفرت فى حشايا القلب وتملكت الروح، حتى إذا ما جاءت إلينا أحلامنا تخطو لا يساورنا الشك لحظة أننا نحب، ولنا فى واقعنا العديد من الوقائع التى بدأت بكلمة (أحبك) وانتهت بالمحاكم في أفضل تقدير!   لابدَّ من تخطي العجز البشرى المُزمن فى البحث عن الكمال؛ وتقبُّل أننا فى واقع لم و لن تكتمل فيه الأشياء ولا الأشخاص، نقِّب فى محاسن نصفك الثانى عن نقاط ضعفه وسقطاته لتكون على يقين أنك تحتمل هذه الأوجه وتتقبلها؛ وفى بعض الأحوال أن تستحسنها، فنحن فى واقعٍ، تذكَّر هذا، لا تتركوا لجام ألسنتكم فتدهس كلماتكم حياة وقلوب الآخرين، وكل خطئهم أنهم صدَّقوا ما قُلتم؛ أما الكراهية فيكفي فيها أن تكون فقط شجاعًا لتعرف من داخلك أولًا لمَ تكره، ولا تلبس الكراهية ثوب الفضيلة يومًا

حتى لا يتحول هذا الثوب إلى مقصلة حياتك، هذا بعد محاولاتٍ عديدة للتحكُّم في هوى النفس.

حَشرةُ الكَهرمان

صفاء حسين العجماوي

انكبَّ كلٌّ من (طاهر وماجد وأكرم) على حفرية الكهرمان التي وجدها أكرم أثناء رحلته البحثية كطالب ماجستير بقسم الجيولوجيا؛ أما (طاهر) و(ماجد) فهما توأمان، و(أكرم) شقيقهما الأصغر، والذى يعمل أولهما بقسم الحشرات، والثانى بقسم الكيمياء، وهما أصغر الحاصلين على درجة الدكتوراة في مصر، وقد اعتاد الإخوة الثلاثة و منذ صغرهم على أن يتشاركوا في كل شيء، كانت هذه الحفرية الكهرمانية غريبة الشكل؛ فقد كانت تحتوي على ما يمكن أن نسميه بـ(الحشرة)؛ و لكنها غير كلِّ الحشرات، قام أكرم بقياس عمر العينة فوجدها ترجع إلى العصر الطباشيرى من الحقبة الثالثة؛ أي منذ 65 مليون سنةٍ؛ بمعنىً أدق لقد شهدت هذه العينة ما نُطلق عليه (الانقراض الكبير)، وهي الكارثة التي حلَّت بالأرض، والتي على إثرها انقرضت العديد من الكائنات الحية، وعلى رأسها الديناصورات بكافة أنواعها؛ ولهذا عكف

الجيولوجيون والمتخصصون في علم التاريخ الطبيعي على دراسة هذه الحقبة للوقوف على سبب تلك الكارثة.
دخلت (صافي) أختهم الصغرى إلى معملهم المنزلي؛ فقد أسس الإخوة معملًا متكاملًا لهم في منزل العائلة ليتشاركوا في دراساتهم المختلفة، وصافي هي أصغر أفراد العائلة، و هي طالبة فيزياء؛ ولذلك أُطلق على العائلة (أسرة العلوم)؛ فهم مثل والدتهم التي غرست فيهم حبَّ العلوم ودراستها، فالتحقوا جميعًا مثلها بكلية العلوم مكوِّنين رابطةً علمية منزلية.
ـ يا إلهس .. هل لازلتم تعكفون على هذه العينة لقد ظننتكم انتهيتم؟!
هتفت صافي باستغراب محبب.
رفع إخوتها أعينهم بأسمين، وقال طاهر وهو يفرك عينيه المُتعبتين:
ـ أجل يا صغيرتي لازلنا نعمل عليها؛ فهي عينةٌ مثيرة، لماذا لا تشاركيننا؟
وأشار الى كرسيٍّ بجواره فجلست عليه، ورسمت على محياها إمارات الجد، وسألت:
ـ لماذا هي مثيرة؟ وهل هي مثيرةٌ للحدِّ الذي يمنعني أن أراكم لمدة يومين؟!
ثم عبس.
ابتسم ماجد قائلًا:
ـ يا فاتنتي الصغيرة، إنَّ هذه العينة شهدت انقراض الديناصورات، كما أنَّ هذه الحشرة التي ترينها غير مسجلةٍ في

الحفريات التاريخية لهذه الحقبة، أو أية حقبةٍ أخرى؛ فهي غريبة بشكلٍ كبير، كما أنَّ الكهرمان المحيط بها غريبٌ جدًا!.

ضحك أكرم من ذهولها وقال:

- لهذا يا حبيبتي قررنا أن نستخلصها من هذا الكهرمان لندرسها بهدوء

سألت صافي بذهول:

- ماذا تعني بأنَّ الكهرمان غريبٌ جدًا؟ وماذا تعني بتخليصها منه؟ إنك بذلك تتلف الحفرية!

ردَّ طاهر بهدوء:

- إنَّ هذا الكهرمان غريبٌ عن أي كهرمان نعرفه؛ كما أنَّ هذه الحشرة محاطةٌ ببعضٍ من الصخور و الأحجار الكريمة داخل الكهرمان موزعةٍ بشكلٍ مثمَّن، كما أنَّ الحشرة حيةٌ بشكلٍ ما.

سألت:

- ماذا تعني بـ (حيةٍ بشكلٍ ما)؟!

ابتسم ماجد و قال:

- هذا ما سنعكف على التحقُّق منه بتخليصها من هذا الوسط المحيط بها، فهل تودِّين مشاركتنا؟

ردَّت بحماسٍ

-أجل بالطبع أريد أن أعمل معكم، و هل هذا سؤال؟! ترى لماذا دخلت كلية العلوم إذن؟!

عكف الإخوة الثلاثة على تخليص الحشرة، في حين قامت صافي بتدوين البيانات، وعملت على تصميم برنامج كمبيوترٍ تفاعلي بهذه البيانات ليساعدهم في دراسة هذه الحشرة، وهذه

المادة المحيطة بها، وبعد مجهودٍ شاقٍ استطاع الإخوة تخليصها من الكهرمان.
ثم وقف طاهر يملي البيانات على صافي وهو يقول:
- من الناحية الموفولوجية (الشكل الخارجي) إنها ذات عينين كبيرتين كالياقوت، طولها 15 سم، وعرضها 5 سم، ورأسها كبير الحجم؛ في حين أنَّ جسمها وذيلها ملتحمان بشكلٍ عجيب، وأرجلها تشبه الدبابيس لا تتحرك إلا في اتجاهٍ واحد، إما الوقوف عليها أو رفعها، وخمسة قرون استشعار كانت تطول وتقصر على نحوٍ عجيب جدًا، وتميل وتدور في كلِّ الاتجاهات، أما جناحاها فهما في منتهى الغرابة أشبه بأليافٍ بروتينية في جسم الحيوان، كما أنها لا تحرِّكها عند طيرانها، ثم.. ..
قاطعه أكرم هاتفًا:
- انظروا هناك حشرة مثلها تقف على إفريز النافذة!
نظر الجميع إليها فإذا بهذه الحشرة تدخل تجاه الحشرة التي يدرسونها، و تدور بشكلٍ دائري مما أدى إلى شللٍ و تشويشٍ في الأجهزة.
قالت صافي:
- إنها تصدر مجالًا مغناطيسيًا؛ أو على الأرجح كهرومغناطيسيًا؛ إنها تسببت في تشويش الأجهزة ترى لماذا؟!.
قبل أن يجيبها أحد أخذت الحشرة تتلون بسرعة؛ ثم وقفت بجانب الحشرة التي يدرسونها ثمَّ دوَّت فرقعةٌ صغيرة على إثرها بدأت الحشرة التي يدرسونها تتلون، ثم تطير دون تحريك جناحيها، وعندما حاول الإخوة محاصرتهما قامت

الحشرة التي دخلت من النافذة بصعق كلٍّ من طاهر و ماجد، وقبل أن تصعق أكرم صرخت بها صافي:
- لماذا؟ لماذا تفعلين بنا هذا؟ نحن لم نؤذِكِ، إننا أنقذنا الحشرة الأولى .. لماذا؟!
وقفت الحشرتان معلقتين بالهواء، وتغيَّرت ألوانهما بطريقةٍ إيقاعية؛ ثم ارتفعتا، واختفت إحداهما.
هتفت صافي:
- أين ذهبت الأخرى؟!

ثم حدث كل شيء بسرعة؛ فقد شقَّ الهواء ضوءٌ أزرق قويٌ مصحوبًا بصوت طلقةٍ، ثم اندفع شيءٌ ما في فم صافي، ثم فقدت الوعي.

صرخ أكرم، و أخذ يهزُّها بقوةٍ؛ فى حين تململ كلُّ من طاهر وماجد، ثم أفاقها على صرخات أكرم، واندفعوا إليهما يسألانِه عمَّا حدث، فأخبرهم بأنه لا يدري، فقط صوت رصاصةٍ، وضوءٌ أزرق، ثم سقطت أختهم على الأرض.
شعور بالسقوط في بئر.. دوارٌ عنيف يعصف بكل خلية، يا له من شعورٍ فظيع بالضياع! ثم ارتطامٌ كارتطامٍ بوسادةٍ هوائية، حالةٌ من الوعي واللاوعي؛ إنها لا تعي ما حولها، و لكنها تعي ما يدور بعقلها ، هذا الشعور بأنها تقتحم المجهول، فلم يعد مجهولًا، فتدرك ما هذا المجهول .
هتف صوتٌ داخل تلافيف مخِّها:
" أجل، نحن نعلم أنكِ تعرفيننا؛ إننا ما تطلقون عليه (حشرة)، و لكننا لسنا كذلك"
ردَّت تخاطريًا:

" مَن أنتم بالتحديد؟".
تفاجأت من قدرتها على التخاطر.!
أتاها الجواب:
ـ " إنه صعبٌ عليكِ أن تفهمي أو تستوعبي قط"
ردَّت بتحدٍ:
" جرِّبوا، أعتقد أنني سأفهم، ثم كيف لا تشرحون لي وأنتم من قَدمتم إلى عقلي بإرادتكم؟   فهذا يعني أنكم تريدون أن تشرحوا"
ردُّوا بصوتٍ هادئ:
" إنَّكِ أذكى من إخوتك؛ نعم نحن أردنا أن نشرح لكِ   أننا سكان أحد كواكب منظومة نجم (بيتلجيز) أو (إبط الجوزاء) كما تسمونه"
هتفت باندهاشٍ دون أن تحرك شفتيها:
" غير معقول،   هل أنتم من زرتم الرئيس إيزنهاور عام 1950 ؟!"
أجابها الصوت بمرح:
" كلَّا لم نكن نحن؛ إنهم سكان أحد الكواكب المجاورة لنا، فنحن نختلف عنهم"

ثم صمت قليلًا و أكمل:

"إنهم طوال القامةِ ونحافٌ،   ذوو بشرةٍ ناصعة البياض، وعيون متسعة، و ليس لديهم شَعر، ولهم ثلاثة أعين موزَّعةٌ

بحيث يمكنهم الرؤية في كل الاتجاهات، أما نحن فقصار القامة وضيقو العينين، وأصحاب بشرةٍ سمراء، كما أننا أكثر ذكاءً" قال العبارة الأخيرة بثقةٍ كبيرة كأنما يقرُّ حقيقةً.
سألت:
" وكيف اتصلتم بي ؟"
ردَّ بهدوءٍ:
" على شكلٍ فيروس"
سألت بفضول :
" مَن هم الذين خلصناهم من الكهرمان ؟ وهل يستطيعون الاتصال بنا ؟"
شعرت بهم يبتسمون:
" إن أجدادنا لا يستطيعون"
ابتسمت هي الأخرى دون أنَّ تحرَّك شفتيها و قالت:
" وماذا كان يفعل أجدادكم عندنا؟"
"كانوا في رحلةٍ بحثية لدراسة الأرض؛ ثم اندفع نيزكٌ إلى الأرض مسببًا كارثةً كبرى تعرفونها أنتم بـ (الانقراض الكبير)، وقد علقوا بسبب تلك الكارثة على الأرض، وقد ساعدهم الكهرمان و الأحجار المحيطة بهم داخله في إنتاج الطاقة اللازمة والغذاء؛ ولكن لم يستطيعوا إرسال رسائل لنا، وعندما قمتم بتخليصها أمكنهم إرسال استغاثةٍ لنا، فجئنا لإنقاذهم"
"ما هو حجمكم الطبيعي بالضبط؟ فأنتم داخل رأسي بحجم الفيروس، وخارجها في حجم الحشرة؟ وكيف لكم أن تغيروا أحجامكم؟"
أتاها الصوت ضاحكًا :

" إننا فى حجم أقزام البشر؛ و لكن أجدادنا اكتشفوا أشعة التقليص، والتى مكَّنتهم من ركوب هذه السفينة التي تطلقون عليها حشرة، ثم عكف علماؤنا على تطويرها حتى استطعنا أن نصل لحجم الفيروس، وطوَّرنا تقنية تخاطرٍ تساعدنا على الاتصال بالبشر "
سألتهم بغضب:
ـ " ماذا فعلتم بإخوتي ولماذا ؟"
أتاها الصوت متأسفًا:

" صعقناهم فقط أملًا في انشغالكم لكي نستطيع الهروب؛ ولكن عندما حدثتنا شعرنا أننا مدينون لكم بالشرح، كما أننا مدينون لكم بالشكر والاعتذار، والآن حان موعد الرحيل، كما يمكنك الاطمئنان على سلامة إخوتك "
سألتهم والصوت يبتعد:
" وهل ستأتون ثانيةً لزيارتنا؟"
ردَّ الصوت بخفوتٍ:
" أجل سنحاول، إلى اللقاء "
شهقت صافى بقوة أعقبتها بسعالٍ شديد، احتضنها إخوتها، وقال طاهر بلهفة:
" حمدًا لله على سلامتك، كيف حالك الآن؟"
وقبل أن تجيبه حلَّقت الحشرتان فوق رؤسهم، ثم وقفت أمامها، وأخذتا تتلونان ثم طارتا في اتجاه النافذة .
فقالت بخفوت:
"مع السلامة، إلى اللقاء "

وأتى إخوتها بحركةٍ تنبئ بالحيلولة دون مغادرتهما فمنعتهم بإشارةٍ من يديها، فالتفتوا إليها مدهوشين، فقالت وهي تبتسم: " سأقصُّ عليكم ما حدث لي أثناء غيبوبتي؛ فهي حكاية أغرب من الخيال"

صفاء حسين العجماوي

عند ناصية شارعنا يجلس السيد (روبرت) الرسام، يفرد حامل لوحاته، يمسك بفرشاته، يرسم من ذاكرته العديد من الشخصيات التاريخية والمشاهير على مرِّ العصور، دائمًا ما تُشعرك لوحاته بأنّها حيّة، و كأنك تجلس في حضرة صاحبها، كان العجب يتملكني من روعة أعماله، و كانت نفسي تهفو لمعرفة سرِّ الحياة في أعماله.

في صباح يومٍ شتوي غائم، وأثناء ذهابي إلى المدرسة، لفت انتباهي لوحةٌ للملكة إليزابيث و هي بعمر التاسعة، كانت نظرتها تجذبني بشدة، فوقفت أتطلع إليها مشدوهًا، وقف السيد روبرت خلفي، وأنا أطالع اللوحة بافتتانٍ، ارتسمت البسمة على وجهه، ثم سألني:

ـهل أعجبتك اللوحة يا سام؟

نظرت إليه برهةً، ثم أجبته:

ـأجل يا سيدي.

ثم ازدرت لعابي لأسأله:

ـأليست هذه الملكة إليزابيث و هي بيت بيزلي؟

ضحك السيد ربورت، و أجاب:

-أجل يا سام، لقد كانت بنفس عمرك يا عزيزي.
ثم مال نحوي، وسألني بنبرةٍ خفيضةٍ خطيرة:
-هل تحب المغامرات يا سام؟
أجبته بانفعالٍ جارف:
-أجل يا سيدي، أحبها كثيرًا
سألني بجدية:
-وهل تحبُّ أن تخوض مغامرةً خاصةً جدًا؟
هززت له رأسي بقوة، و أنا أقول:
-أجل .. أجل

ضحك لي السيد روبرت، وأخذني داخل المرسم، ثمَّ على حين غرةٍ هجم على رأسي، وانتزع بضع شعيراتٍ من رأسي، ثم وضعها داخل علبة الألوان الزيتية، وقلّبها بشدة، ثم أخذ يرسم بسرعةٍ محمومة صبيًا صغيرًا جوار صورة الملكة إليزابيث التي أعجبت بها، وكلما ازدادت ملامحه وضوحًا ازدَدْتُ وهنًا، حتى انتهى من الرسم، فوجدتني أسقط أرضًا.
تقدم مني السيد روبرت، وقال لي من بين ضحكاته المتقطعة:
-الآن أنت صبي بيزلي الذي سيحكم إنجلترا تحت اسم الملكة إليزابيث.
ثم نظر بقسوةٍ، و قال لي في شماتة:
-معذرة يا عزيزي، نسيت أن أخبرك أنها رحلةٌ بلا عودة!.
ثم ارتفعت ضحكاته الشريرة لتملأ أذني.
عادت لي تلك الذكرى، وأنا أمتطي جوادي لأقود جيوشي إلى حربٍ غير متكافئة، فجيشي أقل عددًا من أعدائي، عرفت

بحملة الأرمادا الإسبانية، ألتفت إلى جنودي لأخطب فيهم، وأنا علي يقينٍ من انتصاري في تلك المعركة، كما ذكرت كتب التاريخ، كم أنا سعيدٌ أنني أحفظ تاريخ العصر الإليزابيثي عن ظهر قلب!.

المِصباح الصغير

محمد رضا كافي

التفت معلم التاريخ إلى تلاميذه الذين بدت عليهم الحماسة والتأهب للإجابة على أسئلته الخاصة بالدرس الذي طلب منهم في الحصة السابقة أن يقوموا بتحضيره، ولكنَّ عينيه توقفتا عند هذا الطالب المنطوي على نفسه في صمتٍ، والذي يصيبه التوتر بشكلٍ مستمر. ابتسم المعلم في سخريةٍ وهو يوجِّه للطالب حديثَه :

ـ حازم، هل يمكنك النهوض من فضلك؟!

نهض حازم واقفًا وسط همهماتٍ ساخرة من زملائه في الفصل، و بدأ التوتر يصيبه؛ بينما استطرد المعلم قائلًا :

ـ هل تستطيع أن تخبرني باسم آخر ملوك المملكة المصرية؟

تريث حازم قليلًا محاولًا التغلُّب على توتره؛ ولكنه لم يكن يستطيع التأخّر كثيرًا في الإجابة عن السؤال وهو يشعر بأنه محاصرٌ من الجميع.. أراد فقط أن ينتهي الأمر ويجلس فأجاب:

ـ الملك فاروق الأول يا سيدي؟

فمط المعلم شفتيه في ضيقٍ و هو يقول في سخرية :

ـ هل حقا تسألني أم تجيب؟ .. أتعجب حقًا من أن يكون اسمك " حازم " .. فأنت لا تبدو حازمًا في أي شيءٍ سوى الجلوس

صامتًا و كأنَّ الدارسة ليست ضمن اهتماماتك .. اجلس وحاول أن تكون مثل زملائك .

جلس حازم وقد علت وجهه حمرة الخجل والضيق؛ بينما أشار المعلم لطالبٍ آخر وهو يقول:

-وليد، من فضلك صحح لحازم معلوماته ..

نهض الطالب وليد و هو يبتسم في ثقةٍ قبل أن يقول :

-آخر ملوك المملكة المصرية هو الملك أحمد فؤاد الثاني؛ حيث أعلنه مجلس الضباط الأحرار ملكًا في السادس والعشرين من يوليو عام اثنين و خمسين .. حتى إعلان الجمهورية في الثامن عشر من يونيو عام ثلاثة و خمسين .

ابتسم المعلم و هو يصيح في طلابه :

-صفقوا لزميلكم وليد .. إجابةٌ نموذجية و رائعة يا وليد! ..

جلس وليد وعلى وجهه علامات الفرح و نشوة الانتصار، قبل أن ينظر إلى حازم نظرة المنتصر إلى المهزوم .. بينما حازم كان مطرق الرأس ممتلئًا برغبته في الهروب بعيدًا عن كلِّ هؤلاء .

في نهاية الحصة طلب المعلم من الطلاب أن يقوموا باختيار شخصيةٍ بارزة في تاريخ العلم أو الأدب أو السياسة، و يقوموا بتقديم بحث عنها في خلال يومين فقط..

عاد حازم إلى منزله وهو يشعر بأنه يواجه هزيمةً أخرى؛ فهو لا يدري ماذا يكتب وعمَّن يكتب، حتى أنه يشعر بأنه لو قدَّم بحثًا ما فإنَّ المعلم سيجعل منه أضحوكةً أمام زملائه مرةً أخرى .. انتابه اليأس قبل أن يصل إلى منزله؛ وبينما كانت

تقابله أمه بابتسامة فرحٍ لعودته سالمًا هرول إلى حجرته لينطوي على نفسه كالعادة ..
لحقت به والدته وهي تشعر بالقلق نحوه فسألته:
ـ ماذا حدث؟ ما بك؟
فقال في ضيقٍ:
ـ لا شيء .. أريد أن أجلس وحدي .
فابتسمت الأم في شفقةٍ وهي تربت على كتفه قائلةً في عطفٍ:
ـ تعرضت للسخرية مرةً أخرى؟
قال حازم في ضيق:
ـ هل أنا غبيٌّ إلى هذه الدرجة؟
قالت الأم في استنكار:
ـ لا بالطبع .. أنت فقط لا تؤمن بنفسك للدرجة التي تجعلك مع كل كلمةٍ ساخرة تتوتر وتخطئ فتزداد سخريتهم منك؛ فتنطوي على نفسك و تنعزل عمَّن حولك .. و تبدأ في إهمال دراستك.
نظر حازم إلى أمه في حيرةٍ مختلطة بالحزن و هو يتساءل:
ـ ماذا عليَّ أن أفعل يا أمي ؟
فقالت الأم في حزم:
ـ عليك ألّا تلتفت لسخريتهم، و أن تهتمَّ بدراستك، عليك أن تثبت للجميع أنهم على خطأ.. عليك أن يكون هدفك كل يومٍ أن يصفقوا لك لأنك متفوق ..
ابتسم حازم ابتسامةً باهتة دون أن يتكلم فربتت الأم على كتفه وقالت و هي تنهض:
ـ تعالَ .. سأريك شيئًا .

فخرج حازم معها وهو يتساءل في نفسه عما سيرى .. فأخذته أمه إلى منضدةٍ كانت عليها بعض الأشياء التي كانت تقوم بتنظيفها قبل مجيء حازم؛ فرفعت بيدها مصباحًا كهربائيًا كبيرًا متسخًا و هي تقول لحازم:

- هل تظن أنَّ هذا المصباح الكبير بحالته هذه سيكون أفضل من المصباح الصغير النظيف ذاك؟

وأشارت بيدها لمصباحٍ صغير مضيء معلقٍ في إحدى الغرف قبل أن تستطرد:

- بالطبع كان متسخًا هو الآخر قبل أن أقوم بتنظيفه ليسطع ضوءه من جديد .

صمت حازم للحظات وهو ينظر للمصباحين قبل أن يقول لأمه:

-ماذا تريدين أن تخبريني يا أمي ؟!

فنظرت إليه مبتسمةً وهي تقول:

-العقل كالمصباح .. لا يهمُّ إن كان صغيرًا أو كبيرًا .. فهو لا يسطع إلا إذا اهتمَّ به صاحبه .

ابتسم حازم و قد شعر براحةٍ وحماسة لتغيير نفسه وهو يقول:

-لقد فهمت يا أمي .. لقد فهمت .

صمت لحظةً قبل أن تلمع عيناه من شيءٍ خطر بباله فقال:

-أتعلمين ؟ لقد أتتني فكرة البحث المطلوب للتوِّ .. سأكتبه عن مخترع المصباح الكهربائي .. توماس إديسون .

في الصباح توجه حازم إلى مدرسته وعلى وجهه ابتسامة ثقة، لم يلتفت إلى نظرات زملائه، ولم يتردد في حصة التاريخ من تسليم البحث الذي عمل عليه بالأمس .. تناوله المعلم وهو في دهشةٍ و يقول:

ـ لقد أعطيت مهلةً يومين فكيف أنجزت بحثك بهذه السرعة ؟!
فقال حازم بنفس ابتسامة الثقة:
ـ لقد عرفت ما أريد .. ولم أجد داعيًا من التردُّد في كتابة البحث .
ابتسم المعلم مندهشًا من هيئة حازم الواثق من نفسه قبل أن يلقي نظرةً بداخل البحث ويقول :
ـ لماذا اخترت توماس إديسون ليكون بحثك عنه؟
فقال حازم :
ـ أعجبتني قصة حياته، لقد سخر منه الجميع عندما كان طالبًا في المدرسة.. حتى إدارة المدرسة نفسها لم تؤمن به .. كانوا يرونه غبيًا مثيرًا للسخرية؛ إلا أمه هي من كانت تؤمن بأن توماس له القدرة على أن يكون أفضل .. في النهاية هذا الطفل هو من أنار العالم؛ لأنه بسبب إيمان أمه به زادت ثقته في نفسه، و أصبح يحاول بلا كللٍ أو ملل حتى وصل لما يريد .
صمت المعلم للحظات في ذهولٍ وشعر بالإحراج في داخله قليلًا قبل أن يبتسم لحازم و هو يقول في مودة :
ـأحسنت يا حازم .. أحسنت .
ثم رفع صوته وهو يخاطب بقية الطلاب ويقول:
ـ زميلكم حازم قد أنهى بحثه قبل الجميع .. ويبدو بحثًا ممتازًا .. صفِّقوا له .
فصفق الطلاب جميعهم و شعر حازم وقتها بالسعادة و ابتسم وهو ينظر إلى وليد نظرة المنتصر .. وقال في نفسه " الآن سأنافس الجميع لكي أكون الأفضل"

صفاء حسين العجماوي

بوابات موات

للكاتب إيهاب عبدالمولي

من إصدارات دار غراب
غلاف كريم سيد / تصحيح لغوي/ محمد أحمد عبدالغفار

رواية تتألف من 77 ألف كلمة، 549 صفحة أنهيتها في ٨ ساعات فقط، هل يمكنك تخيل مدى روعتها؟. إيهاب عبدالمولى كاتب موهوب يصرُّ على إبهاري؛ فبعد (اليعسوب) التي رشَّحتها للقراءة لجمال فكرتها و قوة حبكتها، أتى إيهاب ببوابات موات، تلك التحفة التي لم أقرأ أجمل منها إلى الآن؛ فحبكةٌ قوية تدير رأسي و تجعلني ألهث من أول كلمةٍ لآخر كلمةٍ؛ بل جعلتني أكره كلمة تمت لأنها أنهت متعتي ولم ترو شغفي بالمعرفة، تجلت روعة الرواية في كم المعلومات

التي تجمعت في حبكةٍ روائية لا تشعرك بالملل ولكن تجعلك تقول هل من مزيد.

"نفسك في إيه؟"سؤال يردده البطل طوال الوقت لكلِّ مَن يتعامل معهم ولم يسأله أحُد عما يريده، سعد العشماوي بطل الحكاية الجلاد العاشق للحضارة المصرية القديمة الذي يسوقه القدر إلى مغامرةٍ كبيرة بين منظَّماتٍ عالمية إجرامية وعصابة تتخفى بزي رجال الأعمال لتقوده لمغامرةٍ أكبر تحدد مصيره في رحاب الحضارة المصرية وعظمتها، في خلال رحلة سعد يمتعنا إيهاب بمعلوماتٍ رائعة عن الحضارة المصرية القديمة وعن التطور التكنولوجي الحالي و تقنيات النانو وغيرها من المعلومات القيِّمة المقدمة في شكلٍ روائي ممتع.

مهما كتبت عن جمال الرواية لن أوفيها حقها.

التقييم العام

الغلاف: جميل و معبِّر عن العمل / الفكرة و الحبكة: ممتازة

الأسلوب: رائعٌ ليس بالمعقَّد و لا البسيط و خالٍ من التكلف

اللغة: استخدم الكاتب الفصحى في 95% من العمل؛ حتى الحوار ولكن ولربما لطول الرواية نسي واستخدم العامية حتى لتجد الحوار ذاته جملة فصحى تليها الأخرى عامية؛ ولكن ليس بالكثير

الطباعة والتنسيق والخط: ممتاز

٤ من ٥

في انتظار معرفة ماذا حدث لسليم .

رواية ساق البامبو

للكاتب/ سعود السنعوسي

ظلت تلك الرواية أسيرة التابلت الخاص بي لمدة عشر شهور، لا أريد قراءتها علي الرغم من ترشيح العديد من الأصدقاء الذين أثقُ في رأيهم؛ ولكني لم أشأ قراءتها، كنت دائمًا أقول ما الفائدة التي سأجنيها و أنا المحتكَّة بشعوب الخليج، وما المعلومة التي سأعرفها عن الفلبين وأنا التي قرأت عنها الكثير؛ و لكني و للحق مخطئة و أني لأعتذر لنفسي لتأخري في قراءة تلك الرواية التي لامست وجداني كما لم تفعل روايةٌ خليجية من قبل.

(هوزيه)، كما يحب أن يسمي نفسه و كما أحب أن أسميه بطل الرواية الذي صحبنا في رحلةٍ قاسية مؤلمة عبر حياةٍ لم يخترها؛ ولكنه واجهها بشجاعةٍ، هوزيه وُلد لأبٍ كويتي وأمٍّ فلبينية، تعرَّض لأسوأ أنواع الاضطهاد وفقد الانتماء، ولم يعرف له وطنًا حقيقيًا، يقودنا الكاتب ببراعةٍ في مناطق وعرةٍ في مجتمعين لا يشبهان بعضهما البعض؛ كلُّ منهما يملك خصوصيةً و تفرُّدًا تحتاج إلي خبيرٍ في الغوص بالقارئ في أعماق هذين المجتمعين ويمسك بأناملك ليمرِّرها على جروح وندوب هذين المجتمعين، لقد أبدع السنعوسي في رسم عالَمين مستقلين مترابطين وأعطانا مرشدًا واقعيًا هو هوزيه، الرواية فضحت عيوب المجتمع الكويتي لا عن بغضٍ و لكن عن حبٍّ

ورغبةٍ في إصلاح المجتمع ليزيد وطنه علوًا، تميز السنعوسي بلغةٍ راقيةٍ وأجاد وصف أحطِّ الرذائل الإنسانية دون أن يخدش حياء القارئ، رسم الأحداث باحترافية، كتبها بكل ما يحمله من حبٍّ للكويت و رغبةٍ في غدٍ أفضل، استطاع في أقل من 400 ورقةٍ في أن يسرق القارئ من عالمه ليلقيه بين عالمين مختلفين شديدي الوضوح ليصبح جزءًا من الأحداث دون أن يدري، جعلنا نبكي مع هوزيه ونضحك معه، نتألَّم لألمه و نفرح لفرحه، رواية تستحق القراءة لأكثر من مرةٍ لتمتلئ بها وبتفاصيلها.

كنت أتمني أن يكون الغلاف أكثر تعبيرًا عن العمل من الحالي .

العمل يستحق ٩ من ١٠

محمد رضا كافي

جمال حمدان

المولد والنشأة

وُلد في قرية ''ناي'' بمحافظة القليوبية بمصر في 12 شعبان 1346هـ/4 فبراير 1928، ونشأ في أسرةٍ كريمة طيبة تنحدر من قبيلة ''بني حمدان'' العربية التي نزحت إلى مصر في أثناء الفتح الإسلامي.

كان والده أزهريًا مدرسًا للغة العربية في مدرسة شبرا التي التحق بها ولده جمال، وحصل منها على الشهادة الإبتدائية عام 1358هـ ـ 1939م، وقد اهتمَّ الأب بتحفيظ أبنائه السبعة القرآن الكريم، وتجويده وتلاوته على يديه؛ مما كان له أثرٌ بالغٌ على شخصية جمال حمدان، وعلى امتلاكه نواصي اللغة العربية؛ مما غلَّب على كتاباته الأسلوب الأدبي المبدع.

حصل على التوجيهية الثانوية عام 1363هـ ـ 1944م، وكان ترتيبه السادس على القُطر المصري، ثم التحق بكلية الآداب قسم الجغرافيا، وفي عام 1367هـ ـ 1948 تخرج في كليته،

وتم تعيينه معيدًا بها، ثم أوفدته الجامعة في بعثة إلى بريطانيا سنة 1368هـ ـ 1949، حصل خلالها على الدكتوراه في فلسفة الجغرافيا من "جامعة ريدنج" عام 1372 هـ ـ 1953، وكان موضوع رسالته: "سكان وسط الدلتا قديمًا وحديثًا"، ولم تترجم رسالته تلك حتى وفاته.

وبعد عودته من بعثته انضمَّ إلى هيئة التدريس بقسم الجغرافيا في كلية الآداب جامعة القاهرة، ثم رُقِّي أستاذًا مساعدًا، وأصدر في فترة تواجده بالجامعة كتبه الثلاثة الأولى وهي: "جغرافيا المدن"، و"المظاهر الجغرافية لمجموعة مدينة الخرطوم" (المدينة المثلثة)، و"دراسات عن العالم العربي" وقد حصل بهذه الكتب على جائزة الدولة التشجيعية سنة 1379هـ ـ 1959م، ولفتت إليه أنظار الحركة الثقافية عامةً، وفي الوقت نفسه أكسبته غيرة بعض زملائه وأساتذته داخل الجامعة.

وفي عام 1383هـ ـ 1963م تقدَّم باستقالته من الجامعة؛ احتجاجًا على تخطيه في الترقية إلى وظيفة أستاذ، وتفرَّغ للبحث والتأليف حتى وفاته، وكانت فترة التفرغ هذه هي البوتقة التي أفرزت التفاعلات العلمية والفكرية والنفسية لجمال حمدان.

علاقة الجغرافيا بالحياة

لا يُرى جمال حمدان في علم الجغرافيا ذلك العلِم الوضعي الذي يقف على حدود الموقع والتضاريس، وإنما هو علمٌ يمزج بين

تلك العلوم المختلفة؛ فالجغرافيا ـكما يقول في تقديمه لكتاب "شخصية مصر" في الاتجاه السائد بين المدارس المعاصرةـ هي علم "التباين الأرضي"، أي التعرُّف على الاختلافات الرئيسية بين أجزاء الأرض على مختلف المستويات؛ فمن الطبيعي أن تكون قمة الجغرافيا هي التعرُّف على "شخصيات الأقاليم"، والشخصية الإقليمية شيءٌ أكبر من مجرد المحصلة الرياضية لخصائص وتوزيعات الإقليم، إنها تتساءل أساسًا عمَّا يعطي منطقة تفرّدها وتميزها بين سائر المناطق، كما تريد أن تنفذ إلى روح المكان لتستشف عبقريته الذاتية التي تحدد شخصيته الكامنة.. ولئن بدا أنَّ هذا يجعل للجغرافيا نهجًا فلسفيًا متنافرًا يتأرجَّح بين علمٍ وفنٍّ وفلسفة؛ فيمكن أن نضيف للتوضيح: علمٌ بمادتها، وفن بمعالجتها، وفلسفة بنظراتها.. والواقع أنَّ هذا المنهج المثلث يعني ببساطة أنه ينقلنا بالجغرافيا من مرحلة المعرفة إلى مرحلة التفكير، من جغرافية الحقائق المرصوصة إلى جغرافية الأفكار الرفيعة.

"لقد خرج العرب من الصحراء ودخلوا التاريخ بفضل الإسلام؛ وما كان لهم هذا ولا ذاك بدون الإسلام، لم يكن الإسلام بالنسبة للعرب مجرد رسالة من السماء فقط ولكن أيضًا نجدة من السماء."

"كارثة فلسطين إسرائيل هي ببساطة كالآتي : طلبت الصهيونية العالمية دولةً لليهود في فلسطين فأسسها لهم العرب" .

"الفلسطينيون لم يبيعوا فلسطين لليهود؛ ولكن العرب هم الذين باعوا فلسطين والفلسطينيين لإسرائيل."

"إذا كان اليهود يقولون : لا معني لإسرائيل بدون القدس؛ فنحن نقول لهم : لا معني للعرب بدون فلسطين" .

ي"قولون الإسلام وحضارة الغرب نقيضان لا يمكن أن يجتمعا؛ ليكن، يبقي أن الاثنين قد جاء كل منهما ليبقي، ولابد من تعايشهما إلى الأبد على الكرة الأرضية، ولا يمكن نفي أحدهما من الكرة الأرضية، فالتعايش محتومٌ عليهما أما الصراع فعبثٌ لأنه لن ينتهي ولن ينهي وجود أيٍ منهما."

"لقد تحرَّر الإنسان المصري أخيرًا، أو يوشك على التحرر من التخلف، ولكنه لم يتحرر قط أو بعد من الأسر ، لقد ظفر بالتنمية نسبيًا لكنه لم يظفر بالحرية إطلاقًا، أصبح إنسانًا متقدمًا نوعًا.. لكنه ليس إنسانًا حرًا حقًا" .

مُنح جائزة الدولة التقديرية في العلوم الاجتماعية سنة 1406هـ - 1986م
منحته الكويت جائزة التقدم العلمي سنة 1413هـ - 1992م
حصوله عام 1379هـ - 1959م على جائزة الدول التشجيعية في العلوم الاجتماعية

حصل على وسام العلوم من الطبقة الأولى عن كتابه "شخصية مصر" عام 1411هـ ـ 1988.

عُرض عليه كثير من المناصب التي يلهث وراءها كثيرٌ من الزعامات، وكان يقابل هذه العروض بالاعتذار، مُؤْثِرًا تفرُّغه في صومعة البحث العلمي، فعلى سبيل المثال تم ترشيحه عام 1403هـ ـ 1983م لتمثيل مصر في إحدى اللجان الهامة بالأمم المتحدة، ولكنه اعتذر عن ذلك، رغم المحاولات المتكررة لإثنائه عن الاعتذار،كما اعتذر بأدبٍ ورقة عن عضوية مجمع اللغة العربية، وكذلك عن رئاسة جامعة الكويت... وغير ذلك الكثير.

وفي الساعة الرابعة من بعد ظهر السبت في 17 إبريل 1413/1993هـ ، انتقل إلى جوار ربه، إثر فاجعةٍ أودت بحياته نتيجة تسرُّب الغاز من أنبوب البوتاجاز في أثناء قيامه بإعداد كوبٍ من الشاي لنفسه.

مؤلَّفاته:

ترك جمال حمدان 29 كتابًا و79 بحثًا ومقالة، أشهرها كتاب (شخصية مصر دراسة في عبقرية المكان)، ومات ولم يتزوج. مؤلفاته العربية التي نشرت باللغة العربية:

- دراسات في العالم العربي، القاهرة، 1958
- أنماطٌ من البيئات، القاهرة، 1958
- دراسة في جغرافيا المدن، القاهرة، 1958

- المدينة العربية، القاهرة، 1964
- بترول العرب، القاهرة، 1964
- الاستعمار والتحرير في العالم العربي، القاهرة، 1964
- اليهود انثروبولوجيًا، كتاب الهلال، 1967
- شخصية مصر، كتاب الهلال، 1967
- استراتيجية الاستعمار والتحرير، القاهرة، 1968
- مقدمة كتاب ((القاهرة)) لديزموند ستيوارت، ترجمة يحيى حقي، 1969
- العالم الإسلامي المعاصر، القاهرة 1971
- بين أوروبا وآسيا، دراسة في النظائر الجغرافية، القاهرة، 1972
- الجمهورية العربية الليبية، دراسة في الجغرافيا السياسية، القاهرة، 1973
- 6أكتوبر في الاستراتيجية العالمية، القاهرة، 1974
- قناة السويس، القاهرة، 1975
- إفريقيا الجديدة، القاهرة، 1975
- موسوعة ((شخصية مصر ـ دراسة في عبقرية المكان)) 4 أجزاء، القاهرة، 1975 – 1984

مؤلفاته وبحوثه المنشورة باللغة الإنجليزية:

- Population of the Nile Mid - Delta, past and present, Reading University, June 1953
- Khartum : study of a city, Geog. Review, 1956

Studies in Egyptian Urbanism, Cairo, 1960 •

Evolution of irrigation agriculture in Egypt, in : A history of land use arid regions, ed. L. Dublet Stamp, Unesco, Paris, 1961 •

Egypt, the land and the people, in: Guide book to geology, 1962 •

Pattern of medival urbanism in arab world, Geog. Review, April 1962 •

Political map of the new Africa, Geog. Review, October 1963 •

The four dimensions of Egypt •

اذكر اسم أكثر موضوع أعجبك في هذا العدد ولماذا؟

اقترح موضوعات أخرى في سلسلة كولاج للمنوعات ترغب في قراءتها في الأعداد القادمة

قم بمسح هذا الكود لتراسلنا بهذه الصفحة بعد تصويرها من خلال واتس آب الدار

في حالة قبولها من قبل لجنة القراءة سيتم نشرها في عدد كولاج القادم ... انطلق بالخيال ☺